花間集卷之二目錄

韋莊

酒泉子　一首

木蘭花　一首

小重山　一首

薛昭蘊

浣溪沙　八首

喜遷鶯　三首

小重山　二首

離別難　一首

相見歡　一首

醉公子　一首

女冠子　二首

謁金門　一首

牛嶠

楊柳枝　五首

女冠子 四首
夢江南 二首
感恩多 二首
應天長 二首
更漏子 三首
望江怨 一首
菩薩蠻 七首
酒泉子 一首

定西番 一首
玉樓春 一首
西溪子 一首
江城子 二首
張泌
浣溪沙 十首
臨江仙 一首
女冠子 一首

河傳　二首
酒泉子　二首
生查子　一首
思越人　一首
滿宮花　一首
楊栁枝　一首
南歌子　三首
江城子　二首

河瀆神　一首
胡蝶兒　一首
毛文錫
虞美人　二首
酒泉子　一首
喜遷鶯　一首
贊成功　一首
西溪子　一首

中興樂 一首
更漏子 一首
接賢賓 一首
贊浦子 一首
甘州遍 二首
紗窗恨 二首
柳含煙 四首
醉花間 二首

浣溪沙 三首
月宮春 一首
戀情深 二首
訴衷情 二首
應天長 一首
河滿子 一首
巫山一段雲 一首
臨江仙 二首

牛希濟
臨江仙七首
酒泉子一首
生查子一首
中興樂一首
謁金門一首

花間集卷之二

唐 趙崇祚 集

明 湯顯祖 評

韋莊

酒泉子

不做美的子規故當夜半啼血

月落星沉樓上美人春睡綠雲傾金枕膩画屏深　子規啼破相思夢曙色東方纔動柳煙輕花露重思難任

木蘭花

獨上小樓春欲暮愁望玉關芳艸路消息斷不逢人却斂細眉歸繡戶　坐看落花空嘆息羅袂濕斑紅淚滴千山萬水不曾行魂夢欲教何處覓

與夢中不識路打起黃鶯兒可並不朽

小重山

句作新搵鶯啼痕語更趣

一閉昭陽春又春夜寒宮漏永夢君恩臥思陳事暗銷魂羅衣溫紅袂有啼痕　歌吹隔重閽

遠
宮殿欲黃昏
何等淒絕宮
詞中妙句也

天空鳥飛水
落石出危境
皆然

遠庭芳草綠倚長門萬般惆悵向誰論凝情立
宮殿欲黃昏

薛昭蘊

浣溪沙

紅蓼渡頭秋正雨印沙鷗跡自成行整鬟飄袖
野風香不語含顰深浦裏幾迴愁煞棹船郎
燕歸帆盡水茫茫

其二

鈿匣菱花錦帶垂靜臨蘭檻卸頭時約鬟低珥
算歸期茂苑草青湘渚濶夢餘空有漏依依
二年終日損芳菲

其三

粉上依稀有淚痕郡庭花落欲黃昏遠情深恨
與誰論記得去年寒食日延秋門外卓金輪
日斜人散暗銷魂

其四

俗筆

瞥見都易錯過耐得思量定不折大

挼手河橋柳似金蜂鬚輕惹百花心蕙風蘭思寄清琴　意滿便同春水滿情深還似酒盃深楚烟湘月兩沉沉

其五

簾下三間出寺墻滿街垂柳綠陰長嫩紅輕翠間濃粧　瞥地見時猶可可却來閑處暗思量如今情事隔仙鄉

其六

吳與今惟有西江月諸篇同一悵惋

江館清秋纜客船故人相送夜開筵麝烟蘭焰簇花鈿　正是斷魂迷楚雨不堪離恨咽湘絃月高霜白水連天

其七

傾國傾城恨有餘幾多紅淚泣姑蘇倚風凝睇雪肌膚　吳主山河空落日越王宮殿半平蕪藕花菱蔓滿重湖

其八

越女淘金春水上步搖雲髻珮鳴璫渚風江草
又清香　不爲遠山凝翠黛只因含恨向斜陽
碧桃花謝憶劉郎

喜遷鶯

殘蟾落曉鐘鳴羽化覺身輕乍無春睡有餘酲
句不承
杏苑雪初晴　紫陌長襟袖冷不是人間風景
迴看塵土似前生休羨谷中鶯

其二

金門曉玉京春駿馬驟輕塵禪煙深處白衫新
認得化龍身　九陌喧千戶啟滿袖桂香風細
杏園歡宴曲江濱自此占芳辰

其三

此獨脫套覺腐氣俱消

清明節雨晴天得意正當年馬驕泥軟錦連乾
似惜錦障泥
香袖半籠鞭　花色融人競賞盡是繡鞍朱鞅
日斜無計更留連歸路草和煙

小重山

愁極作愁起
繞階作繞宮
非是合從舊
本

春到長門春艸青玉堦華露滴月朧明東風吹斷紫簫聲宮漏促簾外曉啼鶯 愁極夢難成紅粧流宿淚不勝情手挼裙帶遶階行思君切羅幌暗塵生

其二

秋到長門秋艸黃画梁雙燕去出宮墻玉簫無復理霓裳金蟬墜鸞鏡掩休粧 憶昔在昭陽舞衣紅綬帶繡鴛鴦至今猶惹御鑪香魂夢斷

咽心之別愈
憐離說之情
轉追平生無
淚落不洒別
離聞應是好
看話

愁聽漏更長

離別難

寶馬曉鞴雕鞍羅幃乍別情難那堪春景媚送君千萬里半粧珠翠落露華寒紅蠟燭青絲曲偏能鈎引淚闌干 良夜促香塵綠魂欲迷檀眉半斂愁低未別心先咽欲語情難說出芳草路東西搖袖立春風急櫻花楊柳雨淒淒

相見歡

昔西王母宴羣仙戴碧光帽簪花舞光[illegible]二字本此

雋雅不及韋相而直叙道情翻覺當行次首恨有俗句

歷祖中數目句子

羅襦繡袂香紅，畫堂中，細草平沙蕃馬，小屏風。卷羅幕，凭粧閣，思無窮，暮雨輕煙魂斷，隔簾櫳。

醉公子

慢綰青絲髮，光砑吳綾襪。床上小燻籠，韶州新退紅。　叵耐無端處，捻得從頭汚，惱得眼慵開，問人閑事來。

女冠子

求仙去也，翠鈿金篦盡捨，入崖巒。霧卷黃羅帔，雲彫白玉冠。　野煙溪洞冷，林月石橋寒。靜夜松風下，禮天壇。

其二

雲羅霧縠，新授明威法籙，降真函。髻綰青絲髮，冠抽碧玉篸。　往來雲過五，去住島經三。正遇劉郎使，啓瑤緘。

謁金門

楊枝柳枝楊柳枝總以物托興前人無甚分析但極詠物之致而能抒作者懷能下讀者淚斯其至矣擧送行人等句正是使人悲惋

春滿院疊損羅衣金線睡覺水晶簾未捲簷前雙語燕　斜掩金鋪一扇滿地落花千片早是相思腸欲斷忍教頻夢見

牛嶠

公成都人爲孟蜀學士世以爲牛給事者誤也公尚有紫陌青門酒泉子一調以其佳集中何獨遺之

栁枝

解凍風來陌上青解垂羅袖拜卿卿無端裹娜臨官路舞送行人過一生

其二

吳王宮裏色偏深一簇纖條萬縷金不憤錢塘蘇小小引郎松下結同心

其三

橋北橋南千萬條恨伊張緒不相饒金雞白馬臨風望認得楊家靜婉腰

其四

狂雪隨風撲馬飛惹煙無力被春欺莫教移入靈和殿宮女三千又妬伊

其五

裊翠籠煙拂暖波舞裙新染麴塵羅章華臺畔隨堤上傷得春風爾許多

女冠子

綠雲高髻點翠勻紅時世月如眉淺笑含雙靨低聲唱小詞　眼看惟恐化魂蕩欲相隨玉趾迴嬌步約佳期

其二

錦江煙水卓女澆春濃美小檀霞繡帶芙蓉帳金釵芍藥花　額黃侵膩髮臂釧透紅紗柳暗鶯啼處認郎家

六朝麗句

好結句

其三

星冠霞帔住在蕋珠宮裏珮玎璫明翠搖蟬翼纖手理宿粧　醮壇春草綠藥院杏花香青鳥傳心事寄劉郎

其四

前後飛情多屬玉臺艷体忽插入道家語豈為題目張本耶

雙飛雙舞春晝後園鶯語捲羅幃錦字書封了
銀河雁過遲　鴛鴦排寶帳荳蔻繡連枝不語
勻珠淚落花時

夢江南

啣泥燕飛到画堂前占得杏梁安穩處體輕唯
有主人憐堪羨好姻緣

其二

紅繡被兩兩間鴛鴦不是鳥中偏愛爾爲緣交
頸睡南塘全勝薄情郎

感恩多

兩條紅粉淚多少香閨意强攀桃李枝斂愁眉
陌上鶯啼蝶舞柳花飛柳花飛願得郎心憶
家還早歸

趣語一問一答便有無限委婉

其二

自從南浦別愁見丁香結近來情轉深憶鴛衾
幾度將書託煙雁淚盈襟淚盈襟禮月求天

崎壁孤松寒潭秋月應是此二詞之高標

願君知我心

應天長

玉樓春望晴煙滅舞衫斜捲金條脫黃鸝嬌囀聲初歇杏花飄盡龍山雪　鳳釵低赴節筵上王孫愁絕鴛鴦對銜羅結兩情深夜月

其二

蛾眉淺薄藏心事清夜背燈嬌又醉玉釵橫山枕膩寶帳鴛鴦春睡美　別經時無限意虛道

相思憔悴莫信綵箋書裏賺人斷腸字

更漏子

星漸稀漏頻轉何處輪臺聲怨香閣掩杏花紅月明楊柳風　挑錦字記情事唯願兩心相似收淚語背燈眠玉釵橫枕邊

女媧補不到天有離恨天

其二

春夜闌更漏促金燼暗挑殘燭驚夢斷錦屏深兩鄉月明心　閨草碧望歸客還是不知消息

世間缺陷事不少天也管不得許多

一庭疎雨濕春愁馬嘶殘雨春蕪濕皆集中秀句濕字俱下得天然

辜負我悔憐君告天天不聞

其三

南浦情紅粉淚爭奈兩人深意低翠黛卷征衣馬嘶霜葉飛 招手別寸腸結還是去年時節書託雁夢歸家覺來江月斜

望江怨

東風急惜別花時手頻執羅幃愁獨入馬嘶殘雨春蕪濕倚門立寄語薄情郎粉香和淚泣

菩薩蠻

舞裙香暖金泥鳳畫梁語燕驚殘夢門外柳花飛玉郎猶未歸 愁勻紅粉淚眉剪春山翠何處是遼陽錦屏春晝長

其二

柳花飛處鶯聲急晴街春色香車立金鳳小簾開臉波和恨來 今宵求夢想難到青樓上贏得一膓愁鴛衾誰並頭

填詞白描須看徵致着全篇平衍然同嚼蠟矣

其三

玉釵風動春幡急交枝紅杏籠煙泣樓上望卿卿窻寒新雨晴　熏爐蒙翠被綠帳鴛鴦睡何處最相知羨他初畫眉

其四

畫屏重疊巫陽翠楚神尚有行雲意朝暮幾般心向他情謾深　風流今古隔虛作瞿塘客山月照山花夢迴燈影斜

其五

風簾燕舞鶯啼柳粧臺約鬢低纖手釵重髻盤珊一枝紅牡丹　門前行樂客白馬嘶春色故故墜金鞭迴頭應眼穿

芳艸生兮萋萋王孫歸兮不歸問伊何益

其六

綠雲鬢上飛金雀愁眉斂翠春煙薄香閣掩芙蓉畫屏山幾重　窻寒天欲曙猶結同心苣啼粉汚羅衣問郎何日歸

遠山眉落梅粧石華袖古語新裁令人遠想

雋調中時下雋句雋句中時下雋字讀之甘芳下齒

其七

玉樓氷簟鴛鴦錦粉融香汗流山枕簾外轆轤聲斂眉含笑驚　柳陰煙漠漠低鬢蟬釵落須作一生拚盡君今日歡

酒泉子

記得去年煙煖杏園花正發雪飄香江草綠柳絲長　鈿車纖手卷簾望眉學春山樣鳳釵低裊翠鬟上落梅粧

定西番

紫塞月明千里金甲冷戍樓寒夢長安　鄉思望中天闊漏殘星亦殘画角數聲嗚咽雪漫漫

玉樓春

春入横塘搖淺浪花落小園空惆悵此情誰信爲狂夫恨翠愁紅流枕上　小玉窻前嗔燕語紅淚滴穿金線縷雁歸不見報郎歸織成錦字封過與

起句率意

泌公與徐鉉湯悅潘祐俱南唐人有文名而祐好以詩諫有詞云寒山四面桃李不須誇爛熳已失了東風一半蓋諷其地之侵削也集中獨載張詞〻亦看幸不幸耶

西溪子

捍撥雙盤金鳳蟬鬢玉釵搖動畫堂前人不語絃解語彈到昭君怨處翠蛾愁不擡頭

江城子

鵁鶄飛起郡城東碧江空半灘風越王宮殿蘋葉藕花中簾捲水樓漁浪起千片雪雨濛濛

其二

極浦煙消水鳥飛離筵分首時送君㡳渡口楊花狂雪任風吹日暮空江波浪急芳草岸雨如絲

張泌

浣溪沙

鈿轂香車過柳堤樺煙分處馬頻嘶爲他沉醉不成泥 花滿驛庭香露細杜鵑聲斷玉蟾低含情無語倚樓西

其二

第三箇年頭自有知者杏花明月知我憐我未必咲我

馬上凝情憶舊遊照花淹竹小溪流鈿箏羅幕玉搔頭　早起出門長帶月可堪分袂又經秋晩風斜日不勝愁

其三

獨立寒堦望月華露濃香泛小庭花繡屏愁背一燈斜　雲雨自從分散後人間無路到仙家但憑魂夢訪天涯

其四

依約殘眉理舊黄翠鬟拋擲一簪長暖風晴日罷朝粧　閑折海棠看又撚玉纖無力惹餘香此情誰會倚斜陽

鎖渀住的還不是愁人言愁我始欲愁只為鎖他不住

其五

翡翠屏開繡幄紅謝娥無力曉粧慵錦帷鴛被宿香濃　微雨小庭春寂寞燕飛鶯語隔簾櫳杏花凝恨倚東風

其六

枕障熏鑪隔繡幃二年終日兩相思杏花明月
始應知　天上人間何處去舊歡新夢覺來時
黃昏微雨畫簾垂

其七

花月香寒悄夜塵綺筵幽會暗傷神嬋娟依約
画屏人　人不見時還暫語今纔抛後愛微顰
越羅巴錦不勝春

其八

偏戴花冠白玉簪睡容新起意沉吟翠鈿金縷
鎮眉心　小檻日斜風悄悄隔簾零落杏花陰
斷香輕碧鎖愁深

其九

晚逐香車入鳳城東風斜拂繡簾輕慢迴嬌眼
笑盈盈　消息未遥何計是便須佯醉且隨行
依稀聞道太狂生

其十

小市東門欲雪天衆中依約見神仙蘂黄香画貼金蟬　飲散黄昏人草草醉容無語立門前馬嘶塵烘一街煙

詞氣委婉不即不離水仙之雅調也

臨江仙

煙收湘渚秋江静蕉花露泣愁紅五雲雙鶴去無蹤幾廻魂斷凝望向長空　翠竹暗留珠淚怨閑調寶瑟波中花鬟月鬢緑雲重古祠深殿香冷雨和風

女冠子

露花煙草寂寞五雲三島正春深貌減潛銷玉香殘尚惹襟　竹疎虚檻静松密醮壇陰何事劉郎去信沉沉

可稱河傳高調

河傳

渺莽雲水惆悵暮帆去程迢遞夕陽芳艸千里萬里鴈聲無限起　夢魂悄斷煙波裏心如醉相見何處是錦屏香冷無睡被頭多少淚

極景懷人如怨如慕何減摽梅諸什

其二

紅杏交枝相映密密濛濛一庭濃艷倚東風香融透簾櫳　斜陽似共春光語蝶爭舞更引流鶯妬魂銷千片玉樽前神仙瑶池醉暮天

酒泉子

春雨打窗驚夢覺來天氣曉画堂深紅焰小背蘭釭　酒香噴鼻懶開釭惆悵更無人共醉舊巢中新燕子語雙雙

信筆而往無一澆薄非止口頭禪也

其二

紫陌青門三十六宮春色御溝輦路暗相通杏園風　咸陽沽酒寶釵空笑指未央歸去插花走馬落殘紅月明中

生查子

相見稀喜相見相見還相遠檀畫荔枝紅金蔓蜻蜓軟　魚雁疏芳信斷花落庭陰晚可惜玉肌膚銷瘦成慵懶

思越人

燕雙飛鶯百囀越波堤下長橋鬬鈿花筐金匣恰舞衣羅薄纖腰　東風澹蕩慵無力黛眉愁聚春碧滿地落花無消息月明腸斷空憶

滿宮花

花正芳樓似綺寂寞上陽宮裏鈿籠金瑣睡鴛鴦簾冷露華珠翠　嬌艷輕盈香雪膩細雨黃鶯雙起東風惆悵欲清明公子橋邊沉醉

此楊柳枝之変体也紅腮一語自見巧思

楊柳枝

膩粉瓊粧透碧紗雪休誇金鳳搔頭墜鬢斜髮交加　倚著雲屏新睡覺思夢笑紅腮隱出枕函花有些些

南歌子

有韵致

柳色遮樓暗桐花落砌香画堂開處遠風涼高捲水精簾額襯斜陽

其二

無一事不消匀面匀面了沒心情連匀面也是多的

黄叔暘云唐詞多無換頭如此詞自是兩首故重押兩情字兩明字合作一首者誤矣

岸柳拖煙綠庭花照日紅數聲蜀魄入簾櫳驚斷碧窗殘夢画屏空

其三

錦薦紅鸂鶒羅衣繡鳳皇綺疎飄雪北風狂簾幕盡垂無事鬱金香

江城子

碧欄干外小中庭雨初晴曉鶯聲飛絮落花時節近清明睡起捲簾無一事匀面了沒心情

其二

浣花溪上見卿卿臉波秋水明黛眉輕綠雲高綰金族小蜻蜓好是問他來得麼和笑道莫多情

應是眼波明

河瀆神

古樹噪寒鴉滿庭楓葉蘆花晝燈當午隔輕紗画閣珠簾影斜 門外往來祈賽客翩翩帆落天涯迴首隔江煙火渡頭三兩人家

唐人舊曲云帳中草草軍情多宋黃載亦云楚歌声越霸圖休似專虞姬裝論二詞雖芬芳襲人何以俞意過隔

胡蝶兒

胡蝶兒晚春時阿嬌初著淡黃衣倚窗學畫伊還似花間見雙雙對對飛無端和淚拭胭脂惹教雙翅垂

毛文錫

虞美人

鴛鴦對浴銀塘暖水面蒲稍短垂楊低拂麴塵波蛟絲結網露珠多滴圓荷　遥思桃葉吳江碧便是天河隔錦鱗紅鬣影沉沉相思空有夢相尋意難任

其二

寶檀金縷鴛鴦枕綬帶盤宮錦夕陽低映小窗明南園綠樹語鶯鶯夢難成　玉鑪香暖頻添炷滿地飄輕絮珠簾不捲度沉煙庭前閑立畫鞦韆艷陽天

酒泉子

竟依題蔟揮不必從道籙司挂印耶

有興

綠樹春深燕語鶯啼聲斷續蕙風飄蕩入芳叢惹殘紅　柳絲無力裊煙空金盞不辭須滿酌海棠花下思朦朧醉春風

喜遷鶯

芳春景曖晴煙喬木見鶯遷傳枝偎葉語關關飛過綺叢間　錦翼鮮金毳軟百囀千嬌相喚碧紗窗曉怕聞聲驚破鴛鴦暖

贊成功

海棠未折萬點深紅香包緘結一重重似含羞態邀勒春風蜂來蝶去任遶芳叢　昨夜微雨飄灑庭中忽聞聲滴井邊桐美人驚起坐聽晨鐘快教折取戴玉朧璁

西溪子

昨日西溪遊賞芳樹奇花千樣俏春光金罇滿聽絃管嬌妓舞衫香暖不覺到斜暉馬馱歸

中興樂

荳蔻花繁煙艷深丁香軟結同心翠鬟女相與共淘金　紅蕉葉裏猩猩語鴛鴦浦鏡中鸞舞絲雨隔荔枝陰

更漏子

春夜闌春恨切花外子規啼月人不見夢難憑紅紗一點燈　偏怨別是芳節庭下丁香千結宵霧散曉霞輝梁間雙燕飛

接賢賓

以蒲梢渥洼之餘芬換入詞料亦自無寒酸氣味

香韉鏤襜五花驄值春景初融流珠噴沫躞蹀汗血流紅　少年公子能乘馭金鑣玉轡瓏璁爲惜珊瑚鞭不下驕生百步千蹤信穿花從拂柳向九陌追風

贊浦子

錦帳添香睡金鑪換夕薰懶結芙蓉帶慵拖翡翠裙　正是桃夭柳媚那看暮雨朝雲宋玉高唐意裁瓊欲贈君

麗藻沿于六朝然一種霸氣已開宋元間北宮三調門戶

甘州遍

春光好公子愛閑遊足風流金鞍白馬雕弓寶劒紅纓錦襜出長鞦 花蔽膝玉銜頭尋芳逐勝歡宴絲竹不曾休美人唱揭調是甘州醉紅樓堯年舜日樂聖永無憂

其二

秋風緊平磧雁行低陣雲齊蕭蕭颯颯邊聲四起愁聞戍角與征鼙 青塚北黑山西沙飛聚散無定往往路人迷鐵衣冷戰馬血沾蹄破蕃奚鳳皇詔下步步躡丹梯

紗窻恨

新春燕子還來至一雙飛壘巢泥濕時時墜涴人衣 後園裏看百花發香風拂繡戶金扉月照紗窻恨依依

其二

雙雙蝶翅塗鉛粉咂花心綺窻繡戶飛來穩畫

咂字尖穩字安他極可喜句

柳枝之外咏柳之種類夥

妥令南詞中亦儘有佳句若追先進當從古音

堂陰　二三月愛隨飄絮伴落花來拂衣襟更剪輕羅片傳黃金

柳含煙

隋堤柳汴河春夾岸綠陰千里龍舟鳳舸木蘭香錦帆張　因夢江南春景好一路流蘇羽葆笙歌未盡起橫流鎖春愁

其二

河橋柳占芳春映水含煙拂路幾迴攀折贈行

人暗傷神　樂府吹爲橫笛曲能使離腸斷續不如移植在金門近天恩

其三

章臺柳近垂旒低拂往來冠蓋朧朧春色滿皇州瑞烟浮　直與路邊江畔別免被離人攀折最憐京兆画蛾眉葉纖時

其四

御溝柳占春多半出宮墻婀娜有時倒影蘸輕

創語奇峯不嫌高調

羅踘塵波　昨日金鸞巡上苑風亞舞腰纖軟
栽培得地近皇宮瑞煙濃

醉花間

休相問怕相問相問還添恨春水滿塘生鸂鶒
還相趂　昨夜雨霏霏臨明寒一陣偏憶戍樓
人久絶邊庭信

其二

深相憶莫相憶相憶情難極銀漢是紅墻一帶

遥相隔　金盤珠露滴兩岸楡花白風揺玉珮
清今夕爲何夕

浣溪沙

春水輕波浸緑苔枇杷洲上紫檀開晴日眠沙
鸂鶒穩暖相隈　羅襪生塵遊女過有人逢着
弄珠迴蘭麝飄香初解珮忘歸來

其二

七夕年年信不違銀河清淺白雲微蟾光鵲影

皇帝記里鼓之制故樂府有鼓吹曲建初錄云列于殿庭者名鼓吹此殆其遺響乎

伯勞飛　每恨蟪蛄憐婺女幾廻嬌妬下鴛機
今宵嘉會兩依依

月宮春

水晶宮裏桂花開神仙探幾廻紅芳金蘂繡重
臺低傾瑪瑙盃　玉兎銀蟾爭守護嫦娥姹女
戲相隈遥聽鈞天九奏玉皇親看來

戀情深

滴滴銅壺寒漏咽醉紅樓月宴餘香殿會鴛衾

蕩春心　真珠簾下曉光侵鶯語隔瓊林寶帳
欲開慵起戀情深

其二

玉殿春濃花爛熳簇神仙伴羅裙窣地縷黃金
奏清音　酒闌歌罷兩沉沉一笑動君心永願
作鴛鴦伴戀情深

訴衷情

桃花流水漾縱橫春晝彩霞明劉郎去阮郎行

無定河邊定閨夢理不比尋常閨怨

惆悵恨難平　愁坐對雲屏　算歸程　何時攜手洞邊迎　訴衷情

其二

鴛鴦交頸繡衣輕　碧沼藕花馨　隈藻荇　映蘭汀和雨浴浮萍　思婦對心驚　想邊庭　何時解珮掩雲屏　訴衷情

應天長

平江波煖鴛鴦語　兩兩釣船歸極浦　蘆洲一夜

風和雨　飛起淺沙翹雪鷺　漁燈明遠渚　蘭棹今宵何處　羅袂從風輕舉　愁殺採蓮女

河滿子

紅粉樓前月照　碧紗窗外鶯啼　夢斷遼陽音信那堪獨守空閨　恨對百花時節　王孫綠艸淒淒

巫山一段雲

雨霽巫山上　雲輕映碧天　遠風吹散又相連　十二晚峯前　暗濕啼猿樹　高籠過客船　朝朝暮

一自高唐賦成後楚天雲雨盡堪疑信然

暮楚江邊幾度降神仙

臨江仙

暮蟬聲盡落斜陽。銀蟾影掛瀟湘。黃陵廟側水茫茫。楚山紅樹。煙雨隔高唐。　岸泊漁燈風颭碎。白蘋遠散濃香。靈娥鼓瑟韻清商。朱絃淒切。雲散碧天長。

牛希濟

休文語麗而思深各篇八詠照映千古似此七詞亦儘有頡頏休文處

臨江仙

峭碧參差十二峯。冷煙寒樹重重。瑶姬宫殿是仙蹤。金鑪珠帳。香靄晝偏濃。　一自楚王驚夢斷。人間無路相逢。至今雲雨帶愁容。月斜江上。征棹動晨鐘。

其二

謝家仙觀寄雲岑。巖蘿拂地成陰。洞房不閉白雲深。當時丹竈。一粒化黄金。　石壁霞衣猶半挂。松風長似鳴琴。時聞唳鶴起前林。十洲高會

七調獨此不緇

何處許相尋。

其三

渭闕宮城秦樹凋，玉樓獨上無憀。含情不語自吹簫，調情和恨，天路逐風飄。何事乘龍人忽降，似知深意相招。三清攜手路非遙，世間屏障，翠筆画嬌嬈。

其四

江遶黃陵春廟閑，嬌鶯獨語關關，滿庭重疊緑苔斑。陰雲無事，四散自歸山。簫鼓聲稀香燼冷，月娥斂盡灣環。風流皆道勝人間，須知狂客，判死爲紅顏。

洛神寫照，正在阿堵中。驚鴻游龍數語，已爲描盡。

其五

素落春光瀲灔平，千重媚臉初生。淩波羅襪勢輕輕，煙籠日照，珠翠半分明。風引寶衣疑欲舞，鸞迴鳳翥堪驚。也知心許恐無成，陳王辭賦，千載有聲名。

凝字下得妙便覺全句有神

其六

柳帶搖風漢水濱平蕪兩岸爭勻鴛鴦對浴浪痕新弄珠遊女微笑自含春　輕步暗移蟬鬢動羅裙風惹輕塵水晶宮殿豈無因空勞纖手解珮贈情人

其七

洞庭波浪颭晴天君山一點凝煙此中真境屬神仙玉樓珠殿相映月輪邊　萬里平湖秋色冷星辰垂影參然橘林霜重更紅鮮羅浮山下有路暗相連

酒泉子

枕轉簟涼清曉遠鐘殘夢月光斜簾影動舊鑪香　夢中說盡相思事纖手勻雙淚去年書今日意斷離腸

生查子

春山煙欲收天澹稀星小殘月臉邊明別淚臨

池塘暖碧浸晴暉又有春雲柳絮已具四維之半那得更生他想

清曉　語已多情未了　迴首猶重道　記得綠羅裙　處處憐芳草

（一本無已字）

中興樂

池塘暖碧浸晴暉　濛濛柳絮輕飛　紅蘂凋來醉夢還稀　春雲空有鴈歸　珠簾垂　東風寂寞恨郎拋擲　淚濕羅衣

謁金門

秋已暮　重疊關山岐路　嘶馬搖鞭何處去　曉禽霜滿樹　夢斷禁城鐘鼓　淚滴枕檀無數　一點凝紅和薄霧　翠蛾愁不語

花間集卷二音釋

酒泉子

膩音溺肥｜也　噴音汾鼓鼻聲

浣溪沙

珥音二珠在耳　瞥音撇　睒音焰火光也　玎音丁玉聲　瑺音當耳施珠也　樺音華　蔓音萬　捼音雖　蟪音惠　蛄音姑　熇音角火光貌　嬋音禪　娟音寃

喜遷鶯

駿音俊馬之美者　鞅音仰頭組也　幌音晃幄幔也　毳音吹去聲　餧音愛

離別難

韝音勾壁也

相見歡

襦音儒短衣也　凭音平去依几也

醉公子

砑音訝光召也　叵音頗不可也　捻音箸　喦音岩

女冠子

籙音祿圖丨 啣音閒 緘音簡

應天長

賺音連又音縱賣也

菩薩蠻

苣音巨郎胡麻也 轆音祿 轤音羅轆丨也

生查子

蜻音淨 蜓音廷 懶音覽

南歌子

砌音妻階也 襯音躂近身衣也

虞美人

鬣音列鬚也 長 撚音展

接賢賓

韉音牋鞍丨也 躞音泄 蹀音牒丨躞行不穩也 鑣音標馬銜也

甘州遍

馱音徒

襜音冉　鞾音皮鼓也　躡音聶踐也　颯音撒風聲

紗窻恨

涴音宛泥着物也　鉛音沿黑錫也　咂音雜人口也

柳含烟

舸音哿　蘸音站以物向水中也　踘音菊　隈音煨

月宮春

姹音姐　瑪音馬似玉　瑙音惱寶名

臨江仙

峭音俏嶮也　棹音趙搖也　瀲音斂水波光也　灧音焰波動也　灣音彎水曲流也　襪音伐　翥音住飛舉貌　纜音濫維船丨也　擲音只投也